KB060243

청어詩人選 184

마음의 껍질

최남균
시집

청어

시인의 말

주걱으로 푸면 밥, 밥은 먹을 수 있다
펜으로 쓰면 시, 시는 먹을 수 없다

설익은 밥은 누룽지가 되고
설익은 시는 개도 안 먹는다

시인이라고 다 시인이더냐
허기진 생을 달래주는 밥풀이 시인이다

시 많이 쓴다고 시인인가
밥 잘 짓는 인간이 시인이다

차례

2부

3부

4부

1부

비꽃

언제였던가, 마음이 공허하여
대상 없는 그리움으로 서러웠던 적

그리움은 기다림 잉태하고
기다림 끝에서 취산화서*로 번지던 눈물이여
뚝뚝 떨어지는
저 허공에 피어나는 꽃이여
당신이 스러진 자국마다
긴긴 여름날 꾹꾹 누르며
설움 복받쳤던 적

언제였던가, 당신 향한 길목이 막혀
숨죽여 기다리며 서러웠던 적

간절한 궁핍이 꽃으로 피어나듯
성긴 눈물이 뚝뚝 떨어질 무렵
내 가슴에 꽃이었던 사람아
오랜 가뭄처럼 절절했던 첫사랑아

언제였던가, 당신은 지고
청춘의 무더기비가 열렬했던 적

* 취산화서(聚散花序) : 꽃차례의 끝에 달린 꽃 밑에서 한 쌍의 꽃자루가 나와 각각 그 끝에 꽃이 한 송이씩 달리고, 바로 그 꽃 밑에서 또 각각 한 쌍씩의 작은 꽃자루가 나와 그 끝에 꽃이 한 송이씩 달리기를 반복하는 꽃차례

마음의 껍질

살다 보면
연활한 생활의 껍질이 필요하지
거북이등보다 견고한 마음이 있어야 견디어내는
힘겨운 날도 있다

한 꺼풀 벗는다는 것은
아픔을 자초하기 마련이지만
그 아픔 지지고 볶다보면 생살 굳는 날도 있어
꿈꾸는 자는 벗는다

하물며
생명 한 꺼풀 벗는다는 것은
산 사람에 대한 허물을 덮은 일이지만
비움으로써 가벼워진 나락에 자신을 버리는 이도 있어
세상은 아름답다

정직한 내 속살을 드러내고 산다는 것은
양파 속이나
호도 속이나
껍질은 있겠으나
마음의 껍질을 벗는 일이다

詩, 내건다는 건

콘크리트 벽에 액자 걸어본 사람은 안다
공간을 나눈다는 것이 얼마나 단단한 일인지
망치로 타격하는 순간 튕겨 나오는 힘에
굴절된 편견은 쓸모없는 못이 되고

못 하나에 액자를 걸어본 사람은 안다
중력을 가름하는 것이 얼마나 집요한지
어항에 들어간 쏘가리처럼 한 번 박힌 못은
다시 강으로 돌려보낼 수 없다는 것을

범부의 그림이 떨어지는 중력을 매달아
벽지 뒤에 숨겨진 옹벽에 뿌리 내리고
세상과 소통하는 일이 얼마나 어려운지
제 망치에 손가락을 맞아본 사람은 안다

아네모네

봄바람 타고 피었다가
스쳐가는 바람결에 지고 마는 꽃
아네모네가 있습니다

화려한 당신의 자태는
나로 하여금 장미를 사랑하게 하고
연약한 당신의 이름은
에로스적인 사랑을 유발하였습니다

아도니스의 몸에서 흘러나오는
봄의 속삭임은 이별을 잉태하고
그대 가슴에 입맞춤하는 순간
머나먼 지중해의 꽃이 되었습니다

꽃 아닌 꽃에 유혹되어
괴로움은 사랑의 심미안이 되고
해마다 그리운 눈물에서 피어나는 꽃
아네모네가 내 가슴에 피어납니다

당신과 함께 걷던 거리에서
이국의 여인이 바람결에 스쳐갈 때
호흡이 멎을 것 같은 사연은
아네모네의 신화가 되었습니다

흰 분칠한 코끼리

언제부터인가 창문을 열면
회벽을 두른 눈과 코가 빛나는 거산이 서 있다

흡사 흰 분칠한 아프리카 코끼리
실루엣에 사바나의 우뚝 선 코끼리가 보이는 날
분주하게 돌아오는 저녁의 발길은
육식동물 분비물 역한 냄새가 묻어오고
들짐승 소리가 들리기 시작한 어두운 밤엔
두려움과 의심이 의문의 열대야 같아서
24시간 돌아가는 무인카메라
안팎을 감시하는 눈초리가
스스로 유폐한 시간 날짐승의 음성이 날카로운
문풍지가 사라진 창틈에 끽연의 괴물을 가뒀다

훅하고 흡입했을
가을의 조각들이 노랗게 흩어진 아파트 주차장엔
코끼리의 발자국 찾아볼 수 없다

기울어진

기울진 연잎 위를
사뿐히 구르는 아침이 서정시를 쓴다

방울방울 투명한 알몸으로 쓰는 시
정점을 향해 아래로 내닫는 순간
아찔한 꼭짓점의 유폐한 감성이 숨 쉬는 시
익스트림 스포츠 같이 짜릿한
둘레의 분간이 뚜렷한 시

낱말의 웅덩이에 씻긴 어린 햇살이
토란잎 기울진 아침의 기지개를 켠다

종소리

개나리 진달래
산에 들에 피면 봄인 줄 알았다

봄의 전령사는
벚나무가 차지하여
좋은 자리마다 도붓장사로
눈에도 차지 않은
가장자리로 밀려난 꽃들을 생각하자니
울컥 눈물이 난다
고향이 그립다

지천명이 되어서
꽃이 지면서 종소리 울리는
사실 알았다

주일마다 울려 퍼지는
예배당 종소리는
막연히 피어나는 그리움의 꽃이었다

정오의 햇살이
빈집 찾아 슬픔 자아내는
한가로운 동리
지금쯤
버짐처럼 번지는 목련꽃이
청춘은 가고 그리움만 남아서
제 그늘에 낙하하며
종소리 울리고 있겠다

무위도식

목련 앞에 서면 목련이 된다
이 시대의 50대 가장처럼
안쓰러운 것은
처녀 같은 자태로 봄의 폭죽을 울렸고
우산살 같은 줄기로 여름의 녹음을 지탱하다가
겨울 오는 길목에서 혼자되는 목련
달팽이의 세월을 등진 계절은
떠나는 이 시대의 어머니 같이 그리운데
하얗게 핀 꽃 더러 서럽다고
파란 잎 더러 질 파래서 슬프다고
나목의 목련 더러 아프냐고
묻고 있을 나는, 계절의 문지기
무위도식하는
평상 위에 등짝

유월의 장미

유월의 장미가 붉은 것은
파란 하늘에 기다림이 지쳐서
게워놓은 그리움 때문이고

유월의 장미가 유난히 붉은 것은
초록 그늘 속으로 사라진 뒷모습이
단단한 수피로 얼룩져있기 때문이고

유월의 장미가 홍시처럼 붉은 것은
무르익어가는 사랑의 종말이
행여, 씨든 꽃다발처럼 목 메이기 때문이라고

구치소에서

강물을 혼탁하게 흐린 죄
한 바가지씩 떠다가 철창에 가두었다
구구구 아홉이라고 소명하는 사람들
철창 속 비둘기 같은 아우성은 무죄다

시류에 부합하지 못하고
열렬한 당신의 외침은 유죄다

11월의 창밖은 가을빛이 완연하다
구속의 의미는 퇴색하는 낙엽처럼
시간이 지날수록 가벼워지고
흐려지는 기억일 것이다

단절된 시간을 기억하는 사람들은
별로 없다

당신이 옮겨 다닌 숫자는
군번처럼 잊힐 것이고
물살 위에 수인번호는
시부렁거리는 독백이 되어
바다로 간 사람들처럼
당신의 죄목을 기억하지 못할 것이다

다시 강물이 되어
당신을 만나는 날엔 봄이었으면 좋겠다

추억으로 가는 길

비에 젖은 우산처럼
서서히 젖어가는 것이
가을이라고
촉촉하게 다가온 계절의 입술은
차창에 서렸고
먼 그대는 창밖의 타인처럼
빗속으로 사라졌다오

행여
내게 남은 청춘이
태풍 같을지라도
이 거리에 이 그리움을
빗속에 보낸다오

혹여
낙엽이란 이름으로
당신의 문가를 서성이거든
바람에 날려 보내주오

아주
황량하고 고독하여도
난, 기꺼이 노쇠한 낙타와 함께
사막을 걷고 싶소

어느새

금고 속에 새를 키우기 시작한 것은
불안 때문이라고

궁핍으로부터 자유와 결핍에 대한 불안
동시에 가둔 금고에서
시간은 공기처럼 줄어들고
금리는 물처럼 흘러가는
한 점이 되었다고

금고의 새가
삶의 목표에서 표적이 돼버린
사내는 포수의 작약을
가슴에 쟁이고 산다고

그만 새를 꺼내
들판에 내놓아야겠는데
그동안 커서 나오지 않는 새

포수가 가슴속에서
납덩이를 꺼내야 한다고 생각하는 순간
방아쇠를 당기는
어느새

막 나가는 날엔 막걸리다

막 나가는 날엔 막걸리가 제격이다
살다보면 오장육부 다 뒤틀리는 날이 왜 없겠는가
막걸리병처럼 가볍게 돌아가는 세상이라면
무엇하러 이 고생을 하며 우뇌하겠는가
시간을 발효시킨 숙성처럼
인생도 익어가는 것 아니겠는가
맑은 물은 이미 술독에서 용수로 거두었고
구정물처럼 우려먹는 것이 막걸리 아니던가

막 나가는 날에 술도가에 가고 싶다
양조장에서 돌아오는 주전자가 어디 무겁던가
한 모금 두 모금 줄어드는 것이 인생 아니겠는가
줄어든 만큼 논물이 들어가도 맛나게 들이켰던 막걸리
할머니의 그 막걸리가 생각나는 날엔
주둥이가 열린 하마처럼 퍼마시고 싶은 것
구유에 뜨물처럼 들이켜는 것이 막걸리 아니던가

어스름한 동네 모퉁이 지나
어둠이 내리는 골목에 가로등 하나 매달고 섰던
양조장 불빛은 수전증을 앓은 할머니 손처럼 떨었고
돌아오는 신작로에 길게 누워서 내 발목을 걸었던
전주의 가느다란 통신선이 과거를 건너 오늘을 연결하고
혈중으로 들어간 막걸리에 감전된 오늘은
세상사 다 잊고 추억을 타전하는 것이 막걸리 아니던가

다이어리

다이얼 돌리다가
소라껍데기서 푸른 내장 끄집어 올리듯
아버지의 묘한 표정이
한쪽 귀를 당기며
한 손으로 허공을 잡고 올라왔다
다이어리에 이렇게 쓴 것이다

햇빛이 반쯤 들어오는
반지하의 문간방은
보이는 것도 들리는 것도 아니다
홀로된 살 색 달팽이가
귀를 틀어막았으니
다이어리 출납부에
차변에는 달팽이
대변에는 보청기라고 분개한 것이다

콘크리트 껍질 속에서
몸을 비틀며 안간힘 쓰는 것은
네모난 휠체어 바퀴 탓만이 아니다
원형의 굴레에 갇혀버린
수족 같은 주파수가 겉돌기에
다이어리에 저 세상의 아내와
이 세상의 자식들에게
숫자를 맞추고 있는 것이다

라디오 주파수의
내 아버지가 내 다이어리에
허공에 흐르는 전파의 애상을
기록한 것이다

꼬투리 속의 두 개의 완두콩

처음 눈 떴을 때
태양은 붉거나 강렬하지 않았지
온통 연둣빛 꼬투리였어

생의 봄날이 기지개 켤 때
강아지풀 쓰다듬고 온 바람이
덩굴손 이끌어 개울을 건넜지

처음 사진관에 갔을 때
찰칵하고 비치던 그림자는 퇴색하고
터지던 순간만 기억해

언제 어디서 왔는지
어디로 가야 하는지
흑백사진 이면처럼 하얗던

징검다리 건너던 시절
사진첩 나란히 박혀있는 완두콩
물장구치던 널 못 잊어

잊혀진 계절

시월의 마지막 밤은 없는 거다
감나무에 감꽃이 지고 활활 타오르는 불덩어리
처녀 가슴처럼 툭툭 터지는 젖몸살을
지금도 앓고 있겠지만
울 어머니는 뒤꼍에 가을을 지폈고
울 아버지는 뒤뜰에서 불덩이를 가지고 왔지
가을이 활활 타오른 자리
잿빛 그리움이 기우는 중락동 산모퉁이 돌아
시월의 마지막 밤은 연기처럼 사라진 거다

시월의 마지막 밤은 없는 거다
고등학교 간다고 봇짐 지고 나올 적에
울 어머니 용곳뜰까지 배웅 나왔지
검게 기울던 중락동 산모퉁이 돌아서
버스는 유리창 이마에 마른 감잎 붙이고
뚝 뚝 떨어지던 불덩이 같은 눈물 훔치며
돌아오지 않을 가을은 붉게 떠난 거다

어머니가 없는 시월의 마지막 밤은 없는 거다

곡해

이삿날은
문지방에 스친 모서리의 상처가 깊다

손때와 정으로 구별한
살아온 날들 포장하고
책장 앞에서 머뭇거리다
딱히 버릴 것도 없고 해서
헌 책 속을 들춘다

납작 엎드린 쪽지
직선의 날을 세운
마른 오징어처럼
유폐한 세월을 덮고
빨판의 청진기로
가슴에 밀착해온다

스무 살
여린 가슴에 남겨진
오돌토돌한 이별의 흔적이 여실한
이제는 미약한 심장 소리
돌아선 발자국에 찍힌 소인처럼
책갈피에 검붉은 꽃물 토하며
메마른 뒤안길로 사라진 꽃잎이
불현듯 보고 싶다

붉은 꽃잎은 첫사랑
다음 책갈피서 그녀가 기다렸던가

병상에서

둥지를 어미 새처럼
들락거리는 부부가 애처롭다

새끼의 발목을 부러트린
가해자는
보호받지 못한 영혼의 포수
어미 가슴에 상흔을 달래주는
보조침대 둥지가 들썩여도
병실은 형형하다

저녁을 물고 돌아온
아비 새의 옷은 깃털투성이
쪼그리고 앉아 허기 때우는 컵라면
후루룩거리는 날갯짓에서
도시를 색칠한 땀내가
구수하게 흔들린다

치유의 병상은 피해자만
들썩이는 무대가 아니다

이유 없는
메아리의 방황하는 총구에
둥지에서 떨고 있을
내 새끼가 위태롭다

낙화암(洛花巖)

장미의 가시처럼
지는 꽃잎을 보며 가슴 후비던 적 있었던가

삼천의 붉은 장미는 지고
가시의 심장에 눈꽃이 활짝 피던 철조망
부소산성 울 너머
여고 운동장이 공허하던 적 있었던가

청춘의 파문은
우체국 소인처럼 뚜렷하였으나
붙이지 못한 편지의 흐린 기억
바위에 새긴 '낙화암' 바라보며
철없던 문신이 아프던 적 있었던가

당신이 없는
봄 여름 가을 겨울 떨어지는 모든 것이
꽃잎이었음을
텅 빈 산성에서
고즈넉한 산길 따라 터울대던 적 있었던가

소부리 여인

퇴색하는 것이 꽃이라고
가을의 나락으로 떨어지는 꽃이
단풍이라고
잊어 달라 잊었다고
지런지런하다가
가슴속 넘치는 꽃물이
단풍이라고
계절 끝으로 추락하는 것은
웃자란 사랑이고
피우지 못한 낙엽이고
단풍이라고
퇴색하는 것이 사랑이라고
가을의 나락으로 떨어지는 꽃이
사랑이라고
잊어 달라 잊었다고
치런치런하다가
갑사로 앞을 둔 소부리 여인이
삭발한 나목이라고
사랑이 퇴색하여
끝물이 고인 아픔이
단풍이라고

교통사고

지평선 너머 아스팔트가
바다라면
도로를 달리는 자동차는
물고기라 해야겠다.
그러면, 사고 난 차량의
피비린내를 쫒는 레커차는
상어라고 해야겠다.

방금 끌려온 물고기들
늘렛내* 진동하는 응급실
살아온 세월의 숫자보다
보험코드 구분이 확연한
숨길 수 없는 이력
낙장의 카드를 빼 들고서
몸부림치는 수컷은
어종 아닌
사람으로 분류해야겠다.

수면에 떠오른
어종은 다 분류되고
남은 사람은 6인실 병실에서
서로 눈물을 닦아 주는
거울이라 해야겠다.

병상의 사람은
고통을 호소해야 살 수 있다
수급자는 비굴하지만
나약한 모습으로
살아갈 날을 모색해야 하는
인간이라고 해야겠다.

다시, 바다를 질주하는
물고기를 꿈꾸며

* 늘렛내 : 바닷물고기 따위에서 나는 비린내

셀카

숲길에서 만나는 모든 것이
이웃 같고 친구 같고
잊힌 사람의 옆모습처럼 다정하여
또 길을 나섰다

희열 찬 산등성이
숨을 가라앉히는 의자에 앉으면
여울진 허기 달래주는
퇴색한 탁자에 차려진 것은
푸른 잎과 투명한 바람
새소리의 단출함이 여유롭다

아침저녁으로
쌀밥 짓던 분주함은
하얗게 잊은 지 오래
먼 나라 남의 일 같이 감감하다

돌아서는 빈자리
초혼의 셋방처럼 못내 아쉬워
찰칵, 인증 샷 한 방으로
다시 세상에 오솔길 잇댄다

공기

병상에 누운 바람은
빈천했던 삶의 모퉁이서
산들 대다가 잠든
바람이 아니다

저 바람의
깨어있는 고통의 시작은
주삿바늘이 살속* 깊이 파고들어
영혼이 요동치기 이전의
무통에서 발아하였다

무통의 나무는
바람이 들기 전 적념의 바람
통증이 없는 바람은 시원해서
질주의 속력은 권력이 되고
잎맥처럼 뻗은 가지는
푸른 잎으로 그늘을 위장하였다

바람기는
그늘의 둥지에서 태어났다
하여 그늘이 꼬리 치는 곳이면
쉬어가는 것을 망설이지 않았다

봄이면
볼 터치 보송보송한 복숭아의 유혹
물컹한 살 냄새 대문니로 베어 물고
살랑살랑 흔들어대
검은 씨앗 몇을 남겨두고 사라졌다

초여름엔
아카시아 푸른 치마 속에
솜사탕 같은 눈꽃을 피워
풍기는 단내에 벌꿀이 몰려와
흐드러지게 계절을 탕진하였다

한여름엔
폭풍우 동반하는 바람에
신문지상이 떠들썩하였으나
그뿐,
동병상련의 가로수는
도로를 물고 송곳니까지 뽑혀
시름시름 앓다가 파국엔
스스로 바람을 염하였다

이제는 돌아와
누운 풀잎처럼 눅눅해진 바람
하나 같이 티끌이라도 삼킨 듯
글썽이는 눈물이 탁하다

눈물방울에 얼비친
굴절된 희망과
투명한 후회의 경계가
회색 도시에 그늘처럼 희미해진
난,
그런 눈물마저 삼키는
당신들이 잊고 사는
조강지처

* 살속 : 순우리말로 '세상을 살아가는 맛'

혼곤한 가을

바람의 지렛대로
녹슨 뚜껑 들어 올리면
빈 잔은 추억이 되고
가슴에 군불 지피면
변두리 담벼락에 대고
맘대로 써가는 갈지자의
주정하는 가을은
철 지난 지폐처럼
낙엽을 마음껏 휘갈기는
부도난 계절이다

서둘러
어둠을 고쳐 신은 홍등가는
도시의 단풍이 되고
먼 산에서 내려온 단풍이
온몸으로 도시의 속살을 헤집고
나뒹굴다 부도난 가을밤은
차가운 거리를 배회하다
푸른 소주병 속으로
홀연히 떠나는
무색의 계절이다

내 생에 봄날은

오월의 들녘은 곤죽이었다
지나간 버스표 숫자가 아물거리고
가물가물한 기억이 아직도 생생하고
못줄 없이 심어 놓은 모내기처럼 혼란스럽던
내생에 봄날은
쓰디쓴 봄나물이었다

서리가 내린 것도 아닌데
쓴맛의 자존심이 냇둑에 널브러지고
써레질에 끌렸던 지푸라기가
파죽음 되어 논두렁을 껴안고 드러누운
내생에 봄날은
지루한 여름날 예고한
복선인 줄도 모르고 살았다

아버지의 단단했던 수명 아래
검기울던 저녁 물빛도 그리웠던 날들
가슴 저미는 칼바람과 싸우며
한겨울엔 마름이 되어
내생에 봄날은
여느 씀바귀처럼 도시를 헤매었다

해마다 봄은 오고
또 봄은 갈 것이지만
내생에 봄날은 지금이다
난 어쩔 수 없는 봄의 향취 간직한 봄물이고
내 몸을 쥐어짜고 비틀면
쌀뜨물 같이 쏟아내는 봄꿈은
밥솥이 흘리는 눈물처럼 뜨거우리라

2부

정영

바람개비 노랗게 돌아가며
빈혈의 허공이 쉬쉬하며 이르는 말
아직도 부르지 못한 이름여

깨어있는 만개의 꽃잎은
당신의 해바라기였기에
돋을볕에 꽃잎으로 내 던진 외침이여

뜬구름 헤집고 돌아가는
팔랑귀 같은 세상에 대고
청개구리 같던 어록의 여적이여

화포천 농부가 논을 탓하랴
패랭이꽃 한창인 봄날에
정영 바보였던 사람아

약사전에서

– 약사전 건축물석면조사 후기

고성의 약사전에서
바다 등진 가부좌상을 맞았다
산머리 불상이 남해를 등진 연유가 궁금하여
뒤돌아본 북쪽 좌우로
보현암과 문수암이 장관이라
통일 염원하는 간절한 기도가
해풍과 해무에도 끄떡없이
골격을 콘크리트로 축조하였거늘
단청과 동백이 어우러져
폭죽의 봄꽃을 터트렸으니
온산이 봄물에 몸살을 앓고 있구나
저녁을 끓어 당기는 힘은
절벽에 뿌리내린 약사전의 풍경소리인가
어두움 퍼뜨리는 포자가 해무였던가
금빛 찬란한 등 떠밀어 북녘 향하고
동해서 해를 길어 중생 인도하니
통일의 금맥이 여기로다
남해서 밤낮을 길어 올려 통일 염원하나니
불운한 순간을 살아간다 한들
무에 그리 억울하겠소
하산하는 길이
천 년 거북의 걸음처럼 무겁구나

두릅나무

금방 다녀간 곳
뭉텅진 손끝이 아리다
주시한다는 것은 그런 것이다
가지 끝에서 폭발하는 향연
연거푸 허공에서 환생하는 줄기의 끝
푸른 불꽃은 침묵이다
기다림의 침묵
바다 같은 허공은 여린 손 삼키고
사월은 침묵 속에 사위어간다
접근하지 마라.
가시는 보호본능이다
묻지 마라.
기울어진 언덕에도
핏빛 봄물 길어다

따뜻한 계절은 온다
관심 둔다는 것은 그런 것이다
살아남은 자의 몫이
여린 줄기에서
나뭇가지가 옮겨가는 것
새순을 잡혀주고
새싹을 길어 올려
생떼 같은 청춘이 온전히 자라는 것
봄날이 간다고
목 놓아 울어줄 그 곳
누군가 순간 스쳐 간곳
지금
라일락 향이 진동하는
진도 팽목항 가서
함께 목 놓아 울고 싶다

꽃 무덤

오월의 여울에서
사월 푸른 물결은 꽃무덤이었네

라일락 같던
꽃몸살 앓이 청춘
돌아오지 못할 마실 떠났네

남도의 벚꽃이 지던 날
한적한 들길에 흩날리던 청춘은
한낱 이삭이었네

굳게 닫힌 하늘 문은
정녕 성난 파도의 상흔인가
먹먹한 허릅숭이인가

첫사랑인 줄도 모르고
궂긴 영혼에도 라일락은 피는가

지하식당의 봄

봄을 차려놓은 지하식당은
일장춘몽보다 풍요로운 만찬이다
점심시간이 다되어
기별 없이 멀리서 친구가 온다고
설익은 지하계단을 밟으며
설레는 정오의 봄볕으로
늘 낯설기만 했던 식탁 빈자리 채워줄
낯익은 얼굴이 그립다
식당에 들어서자
봄은 아직 오지 않았고
손님 모시고 점심에 맞춰
근방으로 온다고 그가 왔다
화사한 개나리 유니폼이 어울리는
택시기사가 그의 긴 겨울을 부려놓고
그와 내가 마주한 것은
탁자 위에 봄이다
한 끼 곡기를 함께 풀려고
이토록 먼 길 돌아서 왔다
말없이 숟갈질만 하다가
국물에 밥이 풀리듯
우리는 헤어졌다
친구여 참으로
봄의 꿈은 허망한 것인가

성냥갑의 기억
– 12월

새달이 오기 전에
한번은 들러야 한다고
12월호 문학지 책갈피에 숨어서
삽질하다가
적적히 쌓인 갈피마다
각문을 파내는데
관속에 드러누운 어머니 읽혀서
비좁은 관이 복장 터져서
관처럼 생긴 성냥갑을 파내고 싶은데
부뚜막 밥물에 젖은 성냥개비들
불어 터진 옆구리만 긋다가
쇠죽이 다 퍼지기도 전에
우시장에 송아지 내다 팔고
암소 눈물 다 마르기도 전에
객지로 흩어진 성냥개비 읽혀서
더 깊은 곳 삽질하다가
납주의 기억이 터져서
까치발 딛고 바라본 용수 가득
정화수 같은 청주가 고였다고

물 쳐서 불려놓은 탁주가 고였다고
성냥갑 속 애달픈 사연만 가득
부싯돌 같은 가슴이 미어진다고
진자리 어머니 관을 안치하고
생흙 덮으며 울고 웃던
십이월

권력

허공을 내달리던 거미가
등걸음치는 일이 간혹 개미 눈에 띄었지

먹잇감과 절벽 사이
허공 속 투영한 죽음의 그림자는
거미 몸을 이루는 속성이고
생의 권력이지만
고래 심줄을 움켜지고도
추락한 거미에겐
나비와 같이 유연한 날개가 없어

거미의 땅보탬은
파리가 들끓기 시작하면
무리안*의 역동적인 잔치가 벌어지고
바람의 풍장으로 사라지지

권력은 죽음 앞에 평범해지는 거야
생을 목적으로 하고도
먼저 단백질이 빠져나고
탄수화물과 지방이 차례로 사그라지고
뼛가루 되어 날리고
마지막으로 허망한 깃털 한 점
작아지는 요정처럼

그래서 개미는
허공 속 거미줄을 본 일이 없지

* 무리안 : 『환상동물사전』 구사노 다쿠미 지음. "개미를 의미함."

타임캡슐

낮잠 자다가
장롱 틈으로 잃어버린 세월 보았다

심연의 넙치가 먹잇감 노리듯
좌로 누우면 도미요
우로 누우면 광어라던 기억이 떠올랐다

좌절과 우환으로
우로 돌아누운 피서처
방바닥 넓적 엎드린 광어 한 마리
보고 싶은 곳만 보고 살아온 외눈박이가
적층을 직시하고 있다

구술 꿰던
아내의 잃어버린 구슬들이
아직도 어둠 속 고양이처럼
찌든 생활의 독기를 품고 있다

난 무엇을 위하여
저 세월만 외면하고 헤매었던가,
도미로 살면 어떻고
광어로 살면 어떻다고

고래가 될 수 없음을
깨닫던 순간에도 사라진
옥빛 구슬 하나가
가장 가까운 곳에 어두커니 서 있고
두 눈에 흐르는 눈물이
시간의 벽 넘어
그곳에 어깨를 어루만진다

수배전단

입술이 진도 홍주보다 붉었다
인상착의는 홍주 같은 입술이라고 진술해야 누리의 해감이 빠지리라, 그저 비루한 술꾼이다 단신의 그자는 자전거 짐받이에 머리 하나 얹으면 같은 높이다 마냥 작은 체구의 주정꾼이다 여느 사람과 견주는 것이 싫은 그자의 죄명은 술병에 매달려 사는 죄 스스로 목에 올가미 씌운 죄 단주의 시간 오간 죄 포승줄 모욕한 죄 무엇보다 죄질이 나쁜 것은 미색 홍주보다 입술이 붉은 죄 초근목피 감추고 도주한 죄 온갖 열매 꿀꺽한 죄 술을 약이라고 속인 죄 수배 중에 선량한 사람 행세한 죄 죄인 줄 안면서도 죄를 숙성한 죄 그런 그가 범인이고 죄인이 아닌 것은 올가미로도 포승줄로도 잡을 수 없는 죄이고 죄인이 아니라서 잡히지 않은 한 마리 새라서 박남수(1918~1994) 시인의 그 새라서 억울하다고, "포수는 한 덩이 납으로 그 순수를 겨냥하지만, 매양 쏘는 것은 피에 젖은 한 마리 상한 새에 지나지 않는다."

귀납적 논리

아무 일도 없다는 듯
뽀얀 얼굴엔 물기가 없다
타일바닥은 그렇듯
무생물이라 표정이 없다

좌변기에 앉은 사내의 시야에
개미보다 작은 미생물이
낯 간지럽게 우왕좌왕하다가
대야의 물에 휩쓸려 내려갔다.

화장실 바닥이 깨끗해졌다
비가 갠 하늘처럼 티끌 없는 바닥
미생물은 다시 기어 다니고
대야에 물 받는 사내는
무표정하다

나도
누군가의 논리에 의하여
하수구로 직행하거나
누군가의 시선에서 멀어지는
뒷모습을 보이며 살고 있겠다

이명

거기요,
내 집에서 좀 나가주시겠어요

누군가 귓구멍에
허락도 없이 살림을 차렸는가보다
또 다른 이들의 작은 세상은
물 없는 냇가에서 물소리 들리고
시베리아 벌판을 달릴법한
기관차 울림이 요란스럽다
철없는 문신처럼 따라다니는
저 폭력의 원죄를 떨칠 수는 없다
림프액은 어두운 골목길
막다른 벽처럼 불통이고
되돌아오는 길목은
생을 날조한 극심한 우울증뿐
내가 잠이 들 때 그들은
내 꿈속까지 찾아온 채권자처럼
안으로 문을 걸어 잠근다는 것

그렇게 단절된 꿈은
교통 체증으로 꽉 막힌
안개 낀 오후 같다
곧 어둠과 함께 찾아오는
달팽이관 속에서 홀로 뛰는
고독한 아우성

막썰어 횟집

껍질과 뼈 사이 막 썰어 나온 광어회
가지런히 눕혀있는 살집이 누런 종이 같다
종이이기 전에 나무가 숲에서 살았듯
횟감이기 전에 광어는 바다에서 살았다
식도가 내려친 주둥이와 가슴 사이 경계
육지와 바다가 해안선처럼 두 동강 나고
붉은 핏덩이가 서서히 빠진
푸른 초장에 버무려진 바다의 속살
마시멜로 같은 부드러운 맛이
살 맛 난다고
지느러미 같은 손가락이 거꾸로 서서
가냐겨녀 가냐겨녀
사각 가게 안은 바탕화면이 되고
거칠고 투박한 글자들이 거미줄을 치고
거미줄에서 환생하는 온갖 삶의 애환이
담배 연기 자욱한 횟집에서

모니터 속 불쾌한 광어의 입으로
가냐겨녀 가냐겨녀
덜커덕거리는 주방을 통하여
언어가 인쇄되어 글자로 만들어지기까지
등짝에 수많은 문자를 새기고
백지장처럼 누워있는 저 광어는
전생이 컴퓨터 자판기였거니
가냐겨녀 가냐겨녀
저 세상 물끄러미 바라보며
생각이 머물다간 좌석마다
접시 가득 발라먹은 언어의 뼈와
밥풀 같은 몇 알 글자가 널브러진
막 썰어 횟집

상어

황매산 철쭉이 봄물 게워놓을 때
사람들은 봄맞이 가고
도시의 상어는
몸을 비틀어 바다의 비린내를 게워낸다
깜박거리던 눈에서 눈물이 흐르고
형광등이 켜지는 순간
빛의 파장에서 적외선을 보았다
지느러미가 스치기만 해도
철쭉이 바람결에 선혈을 뿌리듯
주변을 붉게 물들였던 지난 세월
보라색 언저리에 오만한 비웃음
누구도 볼 수 없었던 빛깔을 보았다
허울 좋은 갑옷이 빗발치는 화살을 뚫고
얼마나 많은 상처를 남겼던가
거친 바다에서 살아남기 위해
밤마다 칼을 갈 듯
날카로운 명분으로 죽어간 사람들을 위해
나는 무엇을 했던가
상어가 사람을 잡아먹고 산다는 사실이
거짓이라고 말했던 그 입에서
메아리치는 파도를 게워내고 있다

시위 잠

무엇이 쟁긴 것일까
저 굽은 활은
그예 가출한 아내를 겨냥한 간절한 소망이
저 불볕더위서 열대의 꿈 키웠던 것일까
꿈은 전혀 다른 곳에서 이루어졌다
서천 문산면사무소 앞마당
폭염이 사방으로 쏟아지던 절정의 순간
맺지 말았어야 할 꽃봉오리 같다던
그 바나나의 속내가 궁금타
행방이 묘연하여
누렇게 뜬 사내의 등이 활처럼 휜 것은
그리움이 당긴 기다림의 시간이 묶여있기 때문이다
시류의 상처가
검버섯처럼 피어나는 등가죽은
아직도 노오란 속살 품고
뒤척이고 있다

푸서리

빈 뜰은 어머니가 떠난 빈 뜰은 봄 들머리가 없는 선인장밭.
온 식구 볕뉘서 모둠밥 퍼먹던 밭, 비설거지도 버거운 홀아비의 산속 묘들 물씬한 느꺼움이 나뒹구는 밭, 은하수 푸른 밤이면 별 밭이고, 우울한 밤이면 이슬 밭이고, 적요한 밤이면 귀뚜라미 우는 밭, 시나브로 멀어진 성엣장처럼 응집할 수 없는, 시류에 푸른 화마가 비수처럼 예리한 밭.
훗날 귀뚜라미는 어느 요양병원에서 울고 있으려나.

방짜

처음 나의 모습은 평면이었다
누구나 무엇이든 올려놓을 수는 있어도
멋대로 무엇이든 담을 수 없는
나의 태생은 낮은 산과 얕은 냇물만 보고자란
비루한 평면이었다

윤기 있던 계절에는
만물을 포옹하는 거울처럼
후미진 도시의 자화상을 조명하기도 하였으나
빈곤한 자의 괴춤이 자꾸만 흘러내려
떠나는 첫사랑 속절없이 보내야 했다

사랑을 담지 못하는
도시도 차가운 평면이었다
첫발 떼는 순간부터 뭇매질에 정신없이 살다 보면
물레의 유기처럼 다른 모양으로 변해서
담지 말아야 할 것조차 담고 살았다

가정 이루고
처자식 품고 살면서
세월과 경험이 늘려준 만큼만 담을 수 있다는
진실 앞에서 좌절하지 않았다
아직도 마음만은 평면이기 때문이다

거리의 성자

노랑 병아리 떼
길가에 옹기종기 모여앉아
모이를 쪼고 있다
다가서 들려다본 계절의 골짜기
부리보다 단단해 보이는
벽돌 틈서리 봄이 부화하여
병아리 닮은 민들레가 피었다

계절의 껍질 벗은
거리의 성자들이
척박한 도시의 발바닥을
노랗게 쪼고 있다

구겨진 파지 몇 장
골목 안을 힘겹게 굴러가고 나면
몇은 바퀴 따라서 나서고
남은 몇은
지친 하루의 온기 눕힐 처마 밑에서
제 몸 낮추어 폐지를 펴고
어둠이 오는 길목을 쪼고 있다

가슴에 묻어둔 슬픔

쌀 항아리 뚜껑이 열리며
스르륵 스르륵 거리는 소리가 좋아서
가끔 쌀 일어 밥을 짓고 싶어졌다

어느 아침
잠귀 짓누르며 스르륵 열리는 독 안
검은 바구미 무리와 눈이 마주쳤다

홀아비가 홑몸 이끌고 상경하여
항아리 속에 너무 오래도록 방치된 탓
사람 냄새가 맵도록 그리웠으리라

양파 두 알 겉옷을 벗겨
뜨거워지는 눈시울이 그리움 달래며
후끈한 두 알을 쌀독 한가운데 묻어두었다

술 달리기

자! 들자
삶의 애환이 마라톤 되어버린 술 달리기
출발선은 안주의 핏기가 설핏하게 보이는
저녁이 제격이다

자! 들어
하루의 끝이 조금씩 밝아지는 등댓불 아래
빈속을 달래는 젓가락 노 젓는
망망대해가 코앞이다

자! 출발
행인(幸人) 틈에 있어도 외로운 건 마찬가지지
오르막 같은 높은 파도가 출렁이는
건배가 경계를 푼다

자! 힘내
겨우 12시다, 사점(死點)을 지나야 술맛 느끼지
날 비우고 널 채우는 가슴에
아련한 얼굴이 그립다

자! 가자
몽롱한 너의 영혼이 거리에 잠들게 둘 순 없잖아
숨을 몰아서 바람의 길 따라
돌아서 가는 길은 밝다

자! 그럼
다시는 이 길을 달리지 않겠다고 다짐하자
등대 저편 언덕 달아오르는 태양은
또 저녁을 맞을 것이다

금오산 동백꽃

동백은 금오산 길목 어부가 되어 봄 파도 해루질하다 풍랑을 삼킨 바다의 코에 낚인다. 솟구치는 둥근 코의 벌겋게 달아오른 숨구멍 황소의 눈물이 그르렁거리고 향일암 목어의 마른 눈물 출렁인다. 기암이 절벽이라도 코에 걸려야 절경이듯 봄 오기까지는 뼈까지 후비는 아픔 스스로 감내해야 한다, 온통 볕에 걸린 빨랫줄 물메기처럼.

그해 겨울엔 잔파도에 동백꽃이 절정이었네

귀향

한겨울 함박눈 내리거든
귀향하여 늙으신 아버지와 구들에 누워
수북이 쌓이는 사연 귀 기울여 들으라

홀아비의 고독한 밤은
천장 쥐 구르는 소리 벗 삼아
보일러가 허전한 옆구리만 뜨겁게 달구더라

나란히 누워 있으면 먼 산
칼바람에 찢긴 꿈 솜이불 당겨 덮어주고
빙판 아래 개울은 봄 길 찾아 나서더라

지천명에 이르러 귀향길이 설레는 것은
그리운 날은 그리운 대로 분분한
눈꽃이 하얀 연유더라

강추위

웅그리는 것은
식어가는 밥알의 추억 탓
갈탄 난로에 빙 둘러앉은
양은 도시락
기다려지는 마음 까맣게 애태우며
창가 엷은 커튼에
'철수♡영희' 입김 서려 있는
네 번째 수업시간
고래고래 들이지르는 빈 종소리
교실 안 가득 훈김을 빼면
시끌벅적
한 끼 거른 강추위
도시락 뚜껑 젖히면
하얀 밥알 등가죽에 찰싹 달라붙어
방과 후
얼마나 추웠던지
도시락 통 속에서
달가닥거리던 강추위

꽃방

오랜만에 찾아간 노부부의 아파트
베란다의 발랄한 화초가 여전히 웃고
타일바닥 묵은 세월의 줄눈이 선명하고
안주인처럼 수줍던 과꽃은 보이지 않고
하이포데스, 아리섬, 펜닥스, 부겐빌레아
죄다 낯선 이름이지만 살갑게 반겨주고
행여, 먼 훗날에도 내 이름을 불러 줄 것이고
기꺼이 달려와 함께 웃을 것이고
한 줌 흙으로 돌아가는 날까지 기억할 것이고
하이포데스, 아리섬, 펜닥스, 부겐빌레아
인연이 뭐 별것 있나
화분에 맘이 가는 몇 그루 가꾸다
다복다복 쌓여가는 꽃방을 차리고
그 이름 생생하게 불러주는 것이고
하이포데스, 아리섬, 펜닥스, 부겐빌레아
어디 시들지 않은 꽃이 있으랴
꽃이 지고, 잎이 날리고, 꽃대가 스러지는
세월의 넋을 보듬고 사는 게지
시들어가는 모습 바라보며 늙어가는 게지
하이포데스, 아리섬, 펜닥스, 부겐빌레아처럼

어느 하청업자의 미필적 고의

농부로 말하자면
소작농인 사내는
몇 년째 수확이 줄고 있었고
곪은 상처를 스스로 터뜨렸다

밭 갈던 농부가
소와 쟁기 팔아치우고
야반도주한 것이다

사내가 자신의 일꾼들 통장에
한 달분 급료를 더 지급한것을 두고
그를 동정하였다

무엇이 그리 옥죄었기에
평생 일궈온 터전을 버리고
세상과 등지었을까

오늘따라
소주잔이 그렁그렁하여
황소 눈 같던
그 사내가 보고 싶다

3부

홍탁

재래시장 묵 집에서 묵을 먹다가
지푸라기에 묶인 늦가을배추처럼 속 차올라
옆집에서 홍탁을 주문했다

입맛에 톡 쏘는 냄새 감돌아
묵집 홍탁은 홍어집 홍탁보다 쇄도하여
그날 하루 홍탁이 동났다

돌아오는 길
아내가 좋아한다는 메밀묵
굴비 엮듯 엮었다
밥상머리서
묵을 굴비 맛으로 먹고 있는
아내의 얼굴에서
삭히면 삭힐수록 감칠맛 나는
홍탁이 떠올랐다

파격 가을

정기세일 성황리인
백화점 입구 좌판에 둘러앉아
집 나온 사람과 같은 떨어진 잎사귀와
허리가 굽은 낙엽이 철 지난 옷가지 놓고
흥정한다

바람이 잡아 흔들어
너부러진 낙과의 잎으로 삼삼한 구색 맞추어
진 치고 한바탕 단풍놀이 푹 가라앉으면
시들해진 판은
저만큼 스산한 모퉁이
뒹굴고 있다

풍만했던 그녀는
잘록한 허리만큼 짧아진
미니스커트 입고
뚜벙 나타났다 사라지는 마네킹이고
텅 빈 전시장은
긴 아쉬움만 할인하고
파하였다

의부증

남자가 늦도록 귀가하지 않는 밤이면
툭탁, 툭탁, 시계의 초침으로 관을 짜는 여자
여자는 귀를 열어두고 잠자는 습관이 생겼다
열린 귓전에 회오리치는 풍문 때문에
여자의 문은 들어가는 입구가 없다

틈새로 들리는 못 치는 소리는
남자가 남기고 간 계단의 구두 소리이고
어항 같은 문 앞을 어물거리며
돌아온 남자가 내려놓은 묵직한 어둠은
여자의 잠속으로 가라앉아 곤히 잠든다

아침이면 남자는
고리가 없는 문으로 탈출하고
다시 여자는 관을 짠다

푸르던 잎이 마르고
생기 찬 줄기에 습기가 사라지는 날이면
오동나무 같은 여자가 걸쳤던 달빛을 벗고
백지장 같은 몸으로 허공을 흡수하여
그녀만의 관을 짠다

꺽지나 만나보자

사는 것이 참, 팍팍하다고 느끼는 날
허공으로 사라진 잠자리는 잊고 살자고
홍천강 상류서 불길한 눈길의 꺽지나 만나보자
돌덩이 아래 숨죽여 사는 사연이나 들썩여보자
이끼 슬어 있는 돌멩이도 있을 터이고
우거진 수풀에 두문불출 사연이 있을 터
굽이치며 거슬러온 과거는 묻지 말고
족대 울에 갇혀서 용트림하며
물길 지탱해온 부레마저 내놓고
생의 애착에 연거푸 꺽꺽거리는
자화상 같은 꺽지와 만나보자
가지런히 묶은 국수 한 다발 뚝 분질러
맵고 뜨거운 냄비 안에서 치열하게 삶을 익혀보자
부러진 국수 가닥 부드러워지고
굳혀진 생활의 앙금 흐늘흐늘해지거든
돌아오는 길가 코스모스 하늘거리는
가을 하늘 한 냄비 가슴에 품고 오자

그림자 세상

한가로운 봄날오후
달피나무 한 그루 산골짜기에서 내려와
빈터에 그림자를 심는다

여러 해가 지나도록
주인 없는 공터는 여유로웠다
닭의 알처럼 잎을 부화하여 날아오르던 그 가을
변형된 그림자가 발가지고
빈터엔 미명(美名)의 나무들이 조작거린다

겨울이 다가오는 골목 안은
경계의 눈빛이 붉은 직선을 긋고
한쪽 면 사선으로 잘려버린 그림자
더 이상 달피나무는
빈터를 거닐지 못한다

이듬해 봄이 되자
섬피나무 한 그루 남산에서 내려와
빈터에 웅크렸던 몸뚱이
되채게 팔 다리 뻗어
그림자가 그림자를 투영한다

도시는 어둠이오면
별빛을 살라놓고
달빛을 쬐는 그림자의 그늘이 되어 간다

검정 고무신

고무나무에는 고무신이 매달려 있다
혈선(血腺)에 흐르는 희고 질긴 잠재된 세월이 있다
금방 건져놓은 코빼기에 미끄러지듯
삼월 햇살이 빤지르르하던 잔등이
중학교 입학식 날 유난히 작아보였던 고무신이 있다
취산화서(聚散花序)로 온통 웃음꽃 번지던 신발장
새까맣게 속이 타들어가던 이팝나무 열매처럼
덧없던 검정 고무신이 있다
그 앞에 서면 피어오르는
빈곤한 가슴 옭아맸던 하얀 운동화가 있다
잎사귀 위에 지나간 날들 먼지처럼 쌓여도
고무나무에는 아직도 푸른 고무신이 있다
그 목피(木皮)에 흐르는 이팝나무 꽃이 만개했던 시절
살짝 그늘진 잔주름이 남아있다

곱창

곱창은 씹을수록 맛이 있다
사람 손에 바락바락 대들다
밀가루 뒤집어쓰고 나면
부드러워지는 곱창
송년회 음식으로
곱창이 제격

한 해를 돌이켜 곱씹어보는 맛
지난해의 길흉이
핏물처럼 몸을 빠져나가고
새 맛이 풀풀 나는 마늘이나
은근히 묵은 맛을 내는 생강으로
입맛 돋구는 곱창

쫄깃쫄깃하여 살 맛 나는 곱은
한쪽 끝을 묶는 것만으로 생을
구워낼 수는 없다
다른 한쪽이 묶여야 같이 사는 세상
허기진 이 세상을 채울 수 있어
우리는 마주앉아 곱창을 굽는다

허수아비 詩

빈들에서
싹둑 잘려나간
가을 밑동을 지키는
광대

바람이
광대의 옷을 입고
참새의 날개로 부풀러
구름에 닿아도
뿌옇게 눈만 날리는
들러리

옷을 갈아입어도
바람은
사람의 둘레나 어슬렁거리는
지푸라기
주변인

잉태한 언어
타작하는 가을이 물러가도
나의 詩는
발끝이 물컹한
수렁논

황구산장

몸져누운 아내
왈
몸보신 하러
산장에 가자고

도착한 곳은
황구산장*
탕을 먹는 아내의 얼굴
황구처럼 누렇고

뚝배기 한 그릇씩
뚝딱 해치운
초췌한 얼굴에
눈꽃이 돌고

두 손 꼭 잡고
돌아오는 길
눈밭에 황구 두 마리
가슴이 뜨겁네

* 황구산장 : 경기도 광주시 탄벌동에 있는 보신탕집

세상을 훔친 선인장

다소곳이 앉아있으면 좋으련만
축구공처럼 분 밖으로 자꾸만
구르며 나댄다
사막에도 도깨비바늘 밭이 있었던지
온 몸에 가시투성이를 해가지고
도둑이 제발 저리다고
주인도 몰라보고 접근을 거부한다.
기왕에 타향살이 꽃이라도 자주 피우고
벌과 나비도 이웃하며 살아갈 일이지
각을 세우고 제 몸 분할하면서까지
종족번식만 열 올리는 것을 보니
울화가 치밀어 내 쫓기로 했다
나앉은 주제에
도리어 날더러 관상용이라고 한다
공을 주워 담다가
살갗 속으로 파고든 녀석의 일부가
GPS처럼 감시하며, 날 감상하고 있다고 한다
언제나 교감(交感) 은 내 의사와 무관한 것
무시하고 현관 밖으로 내몰았다

그러기를 달포가 지나도
공은 내리막을 구르듯 잘만 굴러가고
여전히 난 그놈의 시야에서 맴도는
하찮은 동물처럼 느껴지는 것은
내가 버린 것은 구속이었으나
그는 내 세상의 빛과 물을
훔치었기 때문이다

가문비 나무

겨울 문을 여는 축제에
눈꽃이 없다면
계절의 경계선은 모호해지고 말았을 일
저 눈에 휘감긴
가문비나무가 꽃주름 만들 때
환하게 웃고 있을 이면에
하얀 눈은 푸른 잎 끝에서
얼마나 떨고 있을지
나무는 꽃대가 되기 위하여
사지로 버티어 냈을 일
스쳐가는 바람은
이 세상이 계절의 테를 지키기 위한 노력이
잎과 줄기만의 몫이라고 몰아치지만
보이지 않는 뿌리
끈끈한 수액이 없는 가문비나무를
생각해 본 적이 있는가

겨울 문을 여는 행사에
눈꽃이 없다면
눈꽃이 휘감은 십자가가 없다면
어두운 바다에 등대가 없다면
길은 누구나 어디로든 열려있었을 것
잎은 태양을 품고
줄기는 혈액을 전달하고
뿌리는 대지의 양분을 거두어
조물주의 나무가 되었을 것
나약한 나무기에
내 주워진 그늘만큼 팔을 뻗고
내 떨어진 영역에 다리를 심어
선한 이웃을 이루고
아름다운 숲을 이루고자 하였음을
첫눈이 오는 날
숙연해 본 적이 있는가

빛

새벽기차
자갈밭 버석버석 밟고 간 갈 녘
내 마음은 거미줄처럼
그리움만 늘여 맨 전봇대
우두커니 앉아서
바리깡 같은 탈곡기 밀다가
측간에 간 형을 기다리는 심정의 논바닥이
휘휘하여 돌아본 철길 위에
기적은 두 줄기 빛으로 자욱하다
거미줄 이슬방울마다 영롱한 정적은
철컥철컥 바위처럼 부서지고
여명은 먹잇감 벌레처럼 꿈틀거릴 뿐
기차가 떠난 자리에
고개 숙인 가을아침은
황금물결 파도치는 벌판에서
햇살의 참을 먹고 자라듯
그리움은
기다림을 먹고 자라는
내 마음의 빛

석류

벼농사밖에 모르는
아버지의 뜰
정원수 한 그루가
낡은 자전거 지키고 있습니다

십리 밖
노인요양병원에 어머니 맡기고
석류는 어머니를 대신하여
넓은 마당 지키고 있습니다

단단한 세월은 금이 가고
치매는 황혼에 물들어
아버지 눈시울은
지는 태양의 언저리 같습니다

등지고 돌아오는 날은
자전거도 힘겨운지
나무에 기대어
둘이서 하나가 되었습니다

모래시계

생이병목현상을 일으킨
곡선이 있는 부부싸움은
사우나 찜질방에 가면
땀방울로 글썽인다

아내는 살지 말자하고
사내는 살아야 한다고
술독은 쪼그리고 앉아서
간밤의 여죄 다스리고 있다

돌아누운 부부처럼
때로는 마주앉은 연인처럼
주고 또 받으며
줄어들고 채워주는
일상은 이분법 아니던가

내 안의 곡선은
투명한 공간의 이동처럼 선명한데
당신 안의 나는
낙하를 거듭하며 추락하는
세월의 모래알이었던가

효병원에서

살아있는 무덤이 있다
가슴마다 애달게 솟아있는 봉오리
무덤 밖 딸아이의 몰티즈는 눈만 말똥거리고
노인요양병원
개 샴푸가 향기로운 아침에 무덤을 판다
무덤안의 병상은 채우면 비워지고
비우기까지 풍선처럼 부풀어
얇아진 시간을 만지면 뽀드득 뽀드득
어머니는 말씀이 없으시고
금성라디오는 수명을 다한 듯
잡음이 갈음하고
이편의 공기는
저편의 공간을 늘려놓고
애완견과 마주친 어머니 눈동자
어머니 망막에 갇혀버린 세월은
이편의 공기처럼 천연하고
저편의 공기는
산 사람의 무덤에 봉분을 키우니
나는 불효자요

남이섬 연가

호수 가운데
나무비늘 수다하게 일으킨
외눈박이 물고기 눈을 열고
잔디밭에
은박돗자리를 깔았네
누워서 본 하늘은
바다와 같아서
마음은 금방 구름 되어
항해를 시작하였네

신혼 단칸방은
자리를 잡는 것으로
돛에 불어오는 바람처럼
우리는 사랑하였네

녹음이 쪽빛만큼
닻을 내리어
머무는 동안
우리는 행복하였네

파도치는 햇볕은
닻을 거두어
외눈박이 푸른 눈에
눈시울 붉게 적시며
그네도 이별하였네

꿈꾸는 사랑

길을 달리다가
뒷모습 닮은 사람을 만나면
문득
가슴이 설레는 것은
가슴 속 묻어둔
꽃봉오리처럼 터지지 못한
청초한 사연이 살아 있기 때문이다
누구나 한번쯤
우연이라도 만나고 싶은 사람
가슴에 담고 산다는 것은
해바라기 해를 향해
환하게 웃고 사는 일이 아니겠는가

달리는 버스 안에서
우연을 가장한
숙명적인 만남을 꿈꾸는 청춘은 갔지만
가까운 거리에서
옛 사람이 스쳐 지날 때
가슴 뜨거워지는 것은
아직 마음에 습기가 머물고 있기 때문이다
흙으로 빚어
몇 백도씩 들끓는 시간이 식으며
완성된 도자기는
누구나 희망하는
사랑의 방식이겠으나
나는 미숙하여
아직도 미완된 사랑에
익숙함으로 해바라기를 꿈꾼다

바람은

한 철을
탕진한 바람은
봄 여린 꽃보다
더 연하고 연한 접시꽃
한물 쏟아내었네

바람은
젊은 계절 샘하여
장대비 몰아쳐
접시꽃 허리 휘는 날엔
악어의 눈물만
흘리었네

꽃물 사그라지고
사랑도 아카시아 꽃잎처럼
기약 없이 흩날리던 날
바람은
그 여름날의 접시꽃을 닮아서
다시 돌아온다는
거짓 언약을
남발하였네

아직도
신작로는 그 곳을 향하여
길게 누워 있지만
바람은 잠들어
잊을 수없는
사랑의 편린만 벗어 놓았네

별리(別離)

당신이 슬어 놓은 이슬 안고
감꽃이 진다

외양간 뒤덮는 감나무
꽃의 몸에서 탯줄 자르고
감꽃이 진다
초봄 송아지였던
암소 눈물도 영그는 가을
감잎이 진다
배꼽을 밀어낸 땡감이 여물면
두 눈 속으로 아슴아슴
감잎이 진다
푸르던 이파리 햇살 모으고
낙엽이 군불 지펴
아랫목부터 붉게 익으며
감잎이 진다

당신 떠난 자리
기다림은 그리움에 겨워
눈물이 붉다

감꽃이, 감잎이, 애달게 피운
단 꽃이 진다

봄날은 간다

— 고(故) 노무현 추모시

냇물에 제 몸이 떠내려가는 줄도 모르고
근심걱정으로 밤새도록 울었다
봄날은 간다고
언제나 낮은 곳으로 임하던 청개구리
골짜기마다 꽃물처럼 번지던
청개구리 같던 말과 말이
서럽도록 그리운 봄날은 간다

강물을 거슬러 올라갈 수는 있어도
물줄기는 돌려놓을 수 없음을 알았을 때
봄날은 간다고
누구 하나 같이 울어줄 이 없는 이세상을 버렸다
아니, 도시의 변죽 울리는
청개구리의 울음소리가 거슬려
우물물 퍼내었다

꽃이 피면 같이 웃고
꽃이 지면 같이 울자던
봄날은 간다고
미안해하지 마라, 누구도 원망하지 마라
봄날이 간다고
운명이다, 화장하라
내 봄날의 꿈을 화장하라
다시 필 봄날을 위하여

눈 내리는 사막

꾹 참았던 눈물이
눈 속으로 뻥뻥 길을 내고
핑그르르 돌아눕는 지난해
멍한 눈으로 돌아보니
산발을 한 눈길 위에
지나온 나의 자취는 감감하다

화석이 된 교통표지판에
내 집으로 가는 길은
아직도 멀기만 하고
어리어리 잠들은 변두리 어디쯤
이불솜과 같이 부푼 사연
하차할 수 있는
정류장이라도 만났으면 좋겠다

사람들 속에서 사람이 그리워
길 찾아 헤매다
한 해의 끝으로 내몰린 설원이
고난의 끝이라 하여도
난, 노쇠한 낙타의 등에
내게 남은 지난해의 짐을 싣거
눈 내리는 사막을 가로질러
보금자리 찾아가련다

사랑의 그림자

그대가 다녀간 곳 어디쯤
개나리 울 넘어 노랗게 슬어 놓아
현기증을 일으키는
초경 같은 봄날에

그대가 떠난 곳 어디쯤
영산홍 허공에 울컥 쏟아 놓아
먼 산언저리 아지랑이 피어나듯
아슴아슴 가슴앓이

봄은 가고 또 오겠지만
가시지 않은 여운은
내 가슴속 심한 우슬이 되어
꽃그늘 아래 서럽게 밟히는 구나

추억으로 가는 길

비에 젖은 우산처럼
서서히 젖어가는 것이
가을이라고
촉촉하게 다가온 계절의 입술은
차창에 서렸고
먼 그대는 창밖의 타인처럼
빗속으로 사라졌다오

행여
내게 남은 청춘이
태풍 같을지라도
이 거리에 이 그리움을
빗속에 보낸다오

혹여
낙엽이란 이름으로
당신의 문가를 서성이거든
바람에 날려 보내주오

아주
황량하고 고독하여도
난, 기꺼이 노쇠한 낙타와 함께
막을 걷고 싶소

코스모스바라기

별은 떨어질 것이고
소년은 그 별을 찾아서 밤으로 갔다
그녀는 그 별이 지는 신작로를 목마 타고 갔는지
소리 소문도 없이 서울로 갔고
소년은 그녀를 찾아서 도시로 갔다

소년이 그녀의 그림자를 찾은 것은
하늘과 같은 천정에 등잔을 매달은
숭인동 낯선 골목이었다

기왓장이 성북동 비둘기처럼
뇌리에 밥알 같이 섰던 쪽방촌에
그녀는 없었다

사람과 개밥그릇이 함께 뒹굴던
좁다란 마당이 타워 크레인을 타고
새마을의 뒤안길로 감쪽같이 사라진 것이다

도시로 간 목마는
별처럼 빛나는 한밭에서 가을 하늘에 하늘거리는
코스모스가 되었다

4부

붕어빵의 이력

시멘트 담벼락에 젖은 낙엽처럼 붙어있다. 물고기를 찍어 내는 사내가 나타난 것은 경제 한파가 몰아친 작년 겨울. 사내의 사출 능력은 안견의 적벽도보다 뛰어나서 그가 찍어내는 붕어는 담벼락을 튀어나와 파닥거린다.

혼신을 다하여 달궈진 온몸 불에 타지 않은 눈물을 두르고, 노숙자의 먹새 가늠하여 안식할 곳이 없는 바람을 쓸어 담고, 별이 뜨는 밤이면 팥소 없이 별 하나 따서 넣고, 달이 뜨는 밤이면 밀반죽에 계수나무 잎을 따다 넣고, 달관한 사내의 손놀림이 분주해지면 손가락 호호 불며 거리로 달아난다.

눈이라도 오는 날엔 구멍이 송송 난 낙엽 한 장이 겹쳐서, 담벼락에서 미끄러지지 않도록 두 손 꼭 잡아준다. 스러지는 눈발을 삼키며 생의 이면 뒤집다 보면 눈사람이 붕어 떼를 뭉쳐 가고, 가벼워진 손 놓고 돌아서는 낙엽의 꼭뒤에 한 줄 이력서가 달랑 붙어서 달려간다.

간지

물 좋은 생선이 배달되고
할복한 생선 내장에서 잡어가 조르륵 쏟아져
바닥을 치고 올라오는 바다의 비린내가 새벽을 연다
얄팍한 지갑에 간지를 몰아넣은 것은
살아있는 소에게 물 먹이듯
잡어는 얇은 귀를 낚는 미끼다
미끼의 화려한 문구가 관심을 끌지만
아침 입맛을 당기는 것은 늘 생선의 몸통이고
주목받지 못하는 일상은 큰 물고기의 밥이나 되고
도시의 틈새에 끼여 사글세방이나 전전하고
말미잘에 공생하는 흰동가리처럼
뉴스에 기생하는 부외 삶이다
단단한 울타리 밖의 울타리가 없는 생은
얇은 부수에 위장 전입하여 부수 늘려주고
부록의 보조금에 파지의 무게로 실려서
덤으로 가는 접히고 접힌 생
우리를 더욱 슬프게 하는 건
배지 속으로 들어간 잡어도 치열하게 싸워야
제 얼굴을 내밀 수 있다는 것

오후 2시의 콩밭

어른들 사이에
아이들은 이어폰에 매달려
미루나무에 매미 소리
긴 여운이 그늘 속으로 늘어진다
설핏 보이는
콩밭 고랑 여린 무처럼
늦은 여름 태양을 피하여
시들시들 졸고 있다
경로석 센 무의
어슬어슬 저무는 눈동자
동굴에서 콩이 튀어나오려고
바싹 마른 콩깍지에 절거덕거리는
도리깨 고동소리 들린다
오후 2시의 지하철 콩밭은
푸른 열무들이
귀 막고 쉬고 있는
사람과 사람 사이의
어린 푸성귀 잔등에
배추벌레의 트랙이 흔들흔들
기억 속으로

수선집

더운밥 먹던 시절에
나온 배도 줄여주고
찬밥 먹던 시절에
들어간 허리도 늘려주고
못하는 시술이 없는
주인아주머니는 무면허 의료시술로
아들딸 대학 다 보내고
자신의 가방 끈은 늘려내지 못하여
그냥 상호도 없이 수선집

얼굴이 의사이고
손이 의술이고
마음이 의원인 수선하는 집에
오늘도
알몸이 빠져나간 환자들이
옷 구실 하려고
눈 부릅뜨고 살 궁리하는
시장 귀퉁이 응급실
멀쩡한 환자들이
실려 들어오는 수선집

해우소

그곳엔
문을 살며시 바람에 밀어두면
농염한 참외가 어스레한 사내들 저녁을 탐하고
전방 진지에 올라오는 부식 속에서
바다의 비린내가 물씬 묻어나는 아침
건너편 고추밭에 김매는 아낙이 보고 싶어지는
졸병 때 변소는 어머니 같은 안식처로
삶을 자위하는 시간의 향기로
다시 바람에 밀려온다
바람이 잠든 늦은 오후
양털 옷을 입은 구름이 떼지어 몰려와
산과 들에 정신 줄 잇대고
정어리탕에 들어가 입맛 당기던
붉은 고추의 씨앗들이
우주를 표류하는 별처럼 빛난다

금수산 정방사엔
그곳을 닮은 해우소가 있다
각재 송판과 송판 사이로
추억 같은 한 컷의 액자가 걸려 있고
절벽에 턱 걸터앉은 중생의 일탈이
창공을 부양하는 사이
계곡물 거슬러 올라온 바람이
목어가 헤엄치는 예불 종 속으로 들어갔다가
풍경소리로 울려 나오는 곳
청풍명월이 마음에 머물러 정갈한 곳
그곳에 앉아서
토막 난 젊음의 퍼즐을 맞춘다

막걸리

와인보다 막걸리가 대세란다
단풍이 하산하는 등산로 입구
푸른 병 속으로 떠나는
나그네의 가을이 이슥하다

바람이 활처럼 휘어져
등어리가 동해보다 푸른 섬
오월의 파도는
발바닥이 간질간질하더니
허공 밀어 올려
칸 숙성하는 방마다 문짝 달아
우윳빛 하늘을 가두었다
하여 닫힌 병 속은
대나무 숲처럼 나그네의 여정이
깊고 푸르다

술병이 기울자
닫힌 문이 열리고
불콰한 언어가
스멀스멀 죽순처럼 삐져나오고
여름의 함성이 맴맴 한차례 돌면
좌판의 휘어진 대나무들
등 부대끼는 소리

“내 소도 한통 들고는 못 가도
대도 한통 들이키고는 떠날 수 있네
그려”

멀티상법

길을 걷다가 길을 묻는 것인지
길을 가르쳐 준다는 것인지
귀 기울이는 순간 당신은
거미의 방사실에 손발이 묶이고
눈과 귀를 잃고 나면
그들을 대변하는 거미로 거듭난다
깔때기 그물이나 차일그물을 짜고
바람을 거르는 일보다
사람을 골라내는 일이 쉽다고 느껴질 때
당신으로 인하여 거미줄에 엮인 먹이는
다정한 형제이고 이웃이었다.
평생 못 대가리만 두들기던 사내가
망치로 거미줄을 친다
사람의 연줄로 집 한칸 장만했던
손바닥 옹이가 사라지고
무수한 자기주장에 빠져서
앞서간 거미의 뒤꽁무니에 쏟아놓은
숫자만 헤아리다가 거리로 내몰린다
"돈을 아십니까?"
가슴에 독을 품고 속삭이며
다가오는 거미가 길을 묻는다

역모기지론

시푸른던 나무는
가시의 날을 벼려
비바람과 맞서고
태양으로부터 그늘을 늘려 놓았다

봄에게 세놓은
푸른 잎 텃밭
아카시아꽃밭 다 비우고
의탁할 곳 없는 나목
까치의 둥지를 내어준다

대지 90평
건평 54평, 거실 1개, 방3개
목숨 둘(암 70살, 수 72살)
가지는 다 잘려나가 없음

등피

아내가 묻습니다
당신 술 먹고 쓰러지면 우린 어떻게 살아
딱히 할 말이 없습니다
술보다 술자리에 사람이 좋은 나는
거절을 못 합니다
당신 술 먹고 어느 날 갑자기
돌아오지 않으면 우린 어떻게 살아
그런 일은 없겠지요
저도 두렵습니다
술이란 놈은
찌든 삶을 눙치는데 솜씨가 대단합니다
바람 앞에 등피처럼 잔뜩
가슴이 구부러진 술 먹은 다음날
타이어 바퀴의 닳아빠진 이빨처럼
기억은 감감한 터널 속에서 방바닥을 긁고 있는데
오늘도 아내의 옳으신 말씀은
바탕화면에 어지럽게 늘어서 있는
이름이 없는 파일이거나

열리지 않는 문서처럼 어제의 터널에서
아직도 계류 중입니다
긴 문장이 울퉁불퉁 만져지는
삭제된 아내의 말씀은 휴지통에서도
바스락거리고 있습니다
그렇지만,
이슬 맺힌 글줄이 쓸모를 다한 남포등처럼
옛일로 기억될 때
그 말씀이 그리울 것입니다

칼갈이

칼갈이 고래고함
골목쟁이 무딘 한나절을 꺼슬꺼슬 밀어올린다
봄은 더 들어설 수 없는
막다른 골목에서 벗꽃을 일시에 풀어놓아
날을 벼리는 메아리 울려 퍼지고 있다
칼 가는 사내 가슴에 눈보라처럼

숫돌 같은 세상 지는 꽃잎이
허공에 터지는 저 홍수
무엇으로 막아야 하나
퍼렇게 날 선 젊은 날의 저 홍수
돌이킬 수 없는 꽃물 흘러넘쳐
골목 빠져나가는 바퀴살에 휘감기는 세월

바람은 가지에 날을 세우고
쓱싹쓱싹 꽃이 피도록 허공에 제 몸을 문질렀다
꽃동네는 가슴에 칼을 품고 있다가
봄의 끝에서 도화선을 자르는 순간
벚꽃이 일순 폭발하는 전쟁터다
자전거에 실려 가는 폭음은
연명한 사내의 뒷모습일 터이고

낮달

산마루 아래 도시는
해쓱한 낮달처럼 기울어져 있다
허공을 기어오른 타워크레인 쭉 뻗은 팔뚝은
기울어진 낮달을 내려놓고
내려놓지 못한 시간의 앙금들은
방광에 모여서 시위를 한다
그녀의 발치에 모든 것은
그녀의 팔 힘에 저지당한 시위대다
우격다짐하는 사내들보다
기계 다루는 일이 능숙한 그녀가
타워에 오르기 시작한 것은
낮에도 달이 뜨는 연유이다
그녀가 쌓아가는 성냥개비 탑처럼
아찔한 생활의 터가 닦이는 자리
창백한 철거민들이 별처럼 멀어진 곳
시위 무리에서 떨어져 나온 별 하나가
밤새도록 그녀의 자리를 차지하고
먼 산 메아리로 잠이 든 곳
무엇이든 들어 올리던 그녀 닮은
코끼리의 상아를 갈면 갈수록
생기 잃은 도시는 제 빛을 발하고
한적한 변방은 상아를 쌓아놓고
낮달이 뜨는 도시를 꿈꾸고 있다

접목

오월이 오면
학교 탱자나무 울 너머 묘목원에
살아온 길과 살아가야 할 길이 만나
비스듬히 누워 봄볕을 덮고
수런수런 연애를 한다

늙은 나무는
외항선 같은 잎맥을 드러내
서해 바다까지 항해하여 봄물을 긷고
바람난 젊은 가지는
알몸으로 오뉴월의 잎을 탐하여
첩살이가 한창이다

철없는 가지들은
소사 아저씨 전지에 부리가 순해져
무궁화 꽃 아래서 숨바꼭질하고
홀아비 술래는
반반한 수목을 찾는다

낯선 길들이
서로가 서로를 꼭 껴안아
접점의 오르가슴은
강물이 되고, 바다가 되고
꽃이 피는 4월은 간다

고추와 멸치볶음

갓 시집와서
남의 집 문간방 더부살이 시절 아내는
변두리에 어울리지 않는 새색시였다
내치듯 연탄재가 뿌려진 공터
자생하는 고추의 여린 줄기 같던 아내는
질긴 가난의 뒤안길을 묵묵히 지켜주었다
감내하지 못하는 사람은 흩어지고
남은 사람은 눈사람처럼 똘똘 뭉쳐서 살았다
그런 아내의 불모지에
장대비처럼 쏟아진 아파트가 단지를 이루고
장맛비에 쓸려 시절이 바뀌어도 아내는
여린 줄기에 매달려 톡 쏘는 꽈리고추의
매운맛을 간직하고 살았다
은비늘 빛을 발하는 사내
덜떨어진 멸치가 바닷속 물정 모르고
행사장마다 화환처럼 서성일 때도 아내는
풍선처럼 부풀려진 빈집에서
세상의 온갖 잡스러운 비린내 삭히며
멸치를 볶았다

한파가 몰아치고 굳게 뭉쳤던 눈사람들
한겨울에도 눈 녹듯 녹아나고
다시 돌아온 낮이 익은 변두리
아내의 매운맛과 사내의 눈물 맛이 뒤엉킨
고추 멸치볶음 한 냄비

골재채취

장맛비가 냇둑 뭉그러뜨리고 달아난 자리
어머니와 얼개미로 골라내던 논바닥은
온통 자갈과 모래밭이었다
어린 손에 들려나간 자갈은 논둑 경계를 이루고
아버지의 객토로 줄어드는 모래밭에서
'새집 줄게 헌집 다오'
두꺼비 유혹하며 놀았던 소꿉친구
도시의 탈을 쓰고 돌아와
먼 기억 헤집고 들어가 헌 집을 털었다
모래알뿐인 헌 집을 농부들은 얼른 비워주고
부모자식도 못 들어준다는 논농사 해거리에
모래알이 부푼 주머니 속
쥐구멍 난 쌀가마처럼
문화촌 네거리다방부터 줄줄이 새고 있었다
아버지 주머니에 모래알 소리가
유독 크게 들렸던 것은 어머니의 부재였다
발정 난 암소걸음처럼 버석 버석한 모래밭은
주변의 부지런한 소들 흥분시켜놓고
남들 가을 거지가 다 끝날 무렵
실실 빠져나간 모래알은 더미도 없이 사라졌다

쓰고 남은 모래알이 몹쓸 고독같이 만져질 때
신혼 같은 새 흙으로 단장한 논에서
당신의 심장 파헤치던 기중기가 울부짖는다던 쇳소리
겨울밤 까만 눈이 어머니 봉분처럼 쌓이고
감쪽같이 사라졌다는 모래알 소리

봄의 터널

도시에 피는 꽃은
매연을 피운 연기처럼 숨어서 한숨짓고
싸리나무 불쏘시개에
옥수수 구워먹고 피는 봄꽃은
산중에서 쉬쉬하고
봄 향기 내압에 걸린 도시는
토요일 정오를 기하여 뻥튀기한다
뻥하고 한껏 부풀려진 몸집이
때아닌 봄날에
울긋불긋 단풍으로 몰려간다

청풍명월로
가수 홍민의 집 앞
보름 전 뻥튀기 장수가 다녀갔다고
어느 날 아슴아슴 졸다가
뻥하고 허공을 뚫어놓은 것은
물태리 고방의 해묵은 백미의 변신이라고
왁자지껄하며 단풍이 저물면
계절의 경계가 무너진 하얀 터널 속으로
한잎 두잎 뒷걸음질에
봄은 실실 새나간다

삭정이

여름 산은
수풀로 가면 쓴 전사다

태풍이 몰아쳐
가지가 부러지고
허리가 꺾여도
변방을 지키는 산은
조용한 미소로 번지는 산은
마침내
붉은 가면 벗고
풍 맞은 것처럼
색 바랜 어깨가 드러난 산은
전사의 가면을 쓴 아버지 같은
생활전선의 나목이다

태풍의 눈 속은
오솔길 같아서
숲길 달리고 있는 지금도
러너의 어깨가 결린 것은
트라우마 그,
치열한 전투의 산물이다

시의 화원

봄은
가시나무의 가시처럼 날카롭고
아카시아 꽃처럼 포근했다

가을엔
가시에 찔린 붉은 장미처럼 치열했고
하얀 장미꽃처럼 냉철했다

가시와 꽃이 각축하는 시장(詩의 場)은
흥정할 수 없는
가시 아니면 꽃이 되었다

시장(市場)에
내놓을 수 없는 꽃은 없다
무딘 가시도 시장에 나아가 날을 벼리는 까닭이다

선택받지 못한 잎사귀도 밑거름이 되고
다시 싹이 일어나면 잊힐 것이다

꽃과 가시와 낙엽이 어우러진 꽃밭
봄, 여름, 가을, 겨울
자연의 순환은 지각하는 것보다
순리적이었다

서러운 단풍

단풍이 겨울로 가는 우산속이란 사실을
어제 낙엽이 지는 산속에서 알았네

아이들처럼 마냥 빗속을 걷고 싶은 날
우산살 같은 잎맥이 하늘을 떠받들고 있었네

오순도순 걸어가는 그 길을 따라
우산의 행렬은 가을의 만장처럼 나부끼었네

우산에서 튀어 오른 가을 햇살은
뚝 뚝 떨어지는 붉은 눈물이었네

우리들 황홀경은 온 몸이 타들어가는
색 바랜 낙엽의 북망산이었네

상실

그녀의 색다른 입술은
매끈하고 긴 다리 두루 애무하고
청춘이 들어앉은 바람기까지 들이키고서
은밀한 곳에 날 버렸다
허허실실로

시체들이 널브러진
엿가락 같이 휘어진 그 위에
흰 뼛가루 뿌려지고
뼈와 살이 붉게 타던
그녀의 입맞춤은
뜨거운 입김의 냉혹한 피날레

항간에 쉰 바람 따위가
그릇된 애욕의 흔적을 되작이자
검은 가루가 욕망을 왜곡하며
무딘 세상 벼리느라
사내구실도 못하는
젊고 매끈한 다리
여자구실도 못했던
그 농염한 다리들
체온이 식어가는 재떨이

소리 없는 총성

내용증명이 돌아왔다
반송이유는 수취인 불명
그에 대한 기억은 일순간
파문을 일으킨 돌덩이처럼 가라앉고
수면은 천연덕스럽게 입을 꾹 다물어
궁금증은 던진 자의 몫이 되었다
굴레로부터 떨어져나간 잎은
붉은 소인처럼 낙엽으로 낙인이 찍히고
부풀은 풍선처럼 무성하던 소문은
바싹 마른 결정문으로 돌아왔다
그렇게 추락한 낙엽은
돌덩이보다 무거운 침묵으로
영원히 닻을 내리고

허공에 맴도는 소리 없는 파장이
항간에 떠도는 소문을 일시에 덮어버렸다
불과 이틀 전 내 이웃이었던 이가
그와 우리가 갉아먹은 부위마다
안으로 휘어진 잎맥이 붉게 취하여
가을밤 달의 심장을 겨냥한 의문은
자신을 향한 총성으로
사라져갔다

어떤 노년

물태리 흙집
홀아비 거미 한 마리
20년 전
시인 아내 위하여 지어준 집에서
처마 밑에 그물을 짠다
아내가 그랬던 것처럼

시인이 쳐놓은 그물은
먼지가 세월의 그림자 투영하여
벼름박* 중천에 떠있는 그리움이
선반 위 유서처럼
아내가 남긴 시집에서
유언 같은 낱말 뽑아
그물을 짠다
아내가 그랬던 것처럼

시가 뭐 밥 먹여준다고
이 골짜기에서 혼자 사느냐고
사춘기 소녀 같던 아내 두고
도시 주름잡던 사내가
달팽이 걸음으로
그물을 짠다
아내가 그랬던 것처럼

* 벼름박 : 바람벽의 충청도 방언

인의 해석

가슴에 칼을 품고 살지 마라. 칼은 칼집에 넣고 가슴 뜨겁게 달구고 살아라. 진정한 인의 시간은 칼과 마음의 분리가 필요다. 세상을 향하여 칼 휘두르는 시기는 하늘이 정하는 것. 물길이나 도로나 자연이 만들어놓은 소통이다. 물이 흐르는 바다, 강, 시냇물에도 바람의 길이 있다. 바람에 일렁이며 반짝이는 햇볕이 살아 있다.

지구를 조각하는 일은 땅이 이르는 것. 호박구덩이도 사람의 발길이 뜸한 둔덕이나 밭 가녘에 팠던 선조의 지혜 잊지 마라. 이미 저질러진 일이라면 흙 묻은 삽을 씻고, 고개 들어 하늘을 보라. 구름의 모양이 천차만별이듯 땅 위에 형상도 무궁하다. 무릎 꿇어 자세를 낮추고 땅을 보라. 모든 개미가 먹이를 퍼 나르고 있는 것은 아니다. 기다려라, 기다려라, 기다려라.

마음에 칼 꽂을 날 있으리라.

동강이

산길에 들어섰다
굴참나무와 아카시아 나무가 송두리째 뽑혀 있다
가로막힌 아름드리
기계톱에 도막이 나서 태풍이 지났던 길이 트였다
그길 가운데를 걷다가
동강이를 생각한다
산에 올라올 때 발바닥 밀어주던 버팀목을 생각하고
방금 집에서 나올 때 물병 챙겨주던 아내를 생각하고
가장이 없는 저녁 식탁에 빈자리를 생각한다

작은 바람이 소통했던 산책로
비워진 자리가 길이었던 가장자리부터
뿌리째 열병하여 누워버린 기댈 곳이 없는 나무
나무는, 맨땅 부둥켜안고 태풍의 바짓가랑이 붙잡아
생은 상처투성이다
산길이 끝이 나면 생각도 끝이 나고
바람이 빠져나간 길이 끝이 나면
머릿속과 같이 복잡한 도시가 시작된다

맺음말

봄의 사유(思惟)는 갑골문자로 새긴 갑골이 표피를 이루고 있다. 그래서 쇠붙이가 파고들어 예리한 그 끝에 붉은 흙을 품고 나와야 한다. 곧 여름이 오고 있음을 파헤쳐야 한다. 여름의 전령사 봄은 겨울을 이겨낸 나무처럼 단단한 수피를 이루고 있다.

모종을 사려고 시장에 갔다. 온갖 모종을 내다 파는 모란시장은 둑새풀 가득 찬 논물처럼 북적인다. 모종을 사며, 두릅이며 곰치를 신문에 둘둘 말아서 물뱀처럼 물살을 가르고 집으로 왔다. 노란 냄비가 팔딱거리는 끓는 물에 봄물을 데치면, 봄의 사색은 비로소 살아난다.

척박한 고랑을 찍어내면 헉 소리조차 없이 달려 나온다. 그 푸석한 계절이 거름기 없는 창백한 얼굴로 널브러진다. 봄을 모종하는 날에는 생각의 뼈에 새긴 상형문자가 마른 잎맥처럼 선명하다. 쇠스랑 세 발에 찍힌 낙엽이 비명을 지르자, 선명했던 긴 문장도 먼 산으로 간 녹음 속으로 사라지고 만다.

우뇌(憂惱)하는 봄날의 살점이 붉게 파헤쳐지라고 몇 줄의 언어가 봉곳한 이랑을 물고 찡얼거린다. 파릇한 새싹이 여름을 재촉하는 고랑에서 땡볕은 생을 재촉한다. 쇠스랑 자루가 반

질반질하게 빛나는 도시농부는 막걸리의 힘을 빌려본다. 계절을 뒤엎으려고 안간힘을 써보지만 생목이 올라 이내 그늘로 몸을 피한다.

생목이 오르듯 흙 속에서 흙이 올라오는 밭은 말이 없다. 스스로 일어서서 밑거름을 원하거나 생명수를 구하지도 않는다. 하지만 밭이라는 연못에 돌팔매처럼 파종하거나 모종하는 모든 돌의 뿌리는 농부의 손길을 간절히 원한다. 단단하다는 것이 뭇매질당할 일도 아니지만, 세상과 소통하기 위한 푸근한 노력이 필요하다.

봄을 묻고 다시 창고로 돌아온 쇠스랑은 오랜만에 먹어본 비린내 나는 흙으로 다시 돌아가 가고 싶다. 남았던 곰치에 싸서 삼겹살을 먹고 있는 도시의 농부도 돌아왔다. 이제는 불콰해진 목구멍에서 남의 살점을 거듭해서 식탐하는 것은, 수풀의 그늘로 사라진 해독할 수 없는 언어들이 다시 돌아왔기 때문이다.

내 봄의 사념(思念)도 갑골문자로 새긴 갑골이 표피를 이루고 있다. 어깨에 힘으로 파헤쳐져 두 다리의 힘으로 다시 정돈된 연못처럼 평온한 얼굴로 세상에 나가고 싶다. 나도 나를 위하여 생의 봄날을 파헤치고 바람의 이름을 단단한 뼈에 새기고 시를 쓰고 싶다.

최남균

마음의 껍질

최남균 시집

발 행 처 · 도서출판 청어
발 행 인 · 이영철
영 업 · 이동호
홍 보 · 이용희
기 획 · 천성래
편 집 · 방세화
디 자 인 · 이해니 | 이수빈
제작이사 · 공병한
인 쇄 · 두리터

등 록 · 1999년 5월 3일
(제1999-000063호)

1판 1쇄 인쇄 · 2019년 7월 10일
1판 1쇄 발행 · 2019년 7월 20일

주소 · 서울특별시 서초구 남부순환로 364길 8-15 동일빌딩 2층
대표전화 · 02-586-0477
팩시밀리 · 0303-0942-0478

홈페이지 · www.chungeobook.com
E-mail · ppi20@hanmail.net
ISBN · 979-11-5860-671-8(03810)

이 도서의 국립중앙도서관 출판시도서목록(CIP)은 서지정보유통지원시스템 홈페이지(http://seoji.nl.go.kr)와 국가자료공동목록시스템(http://www.nl.go.kr/kolisnet)에서 이용하실 수 있습니다.(CIP제어번호: CIP2019026184)